明
室
Lucida

照亮阅读的人

痛，
或我嘴巴的故事

PATHEMATA, OR,
THE STORY OF MY MOUTH
MAGGIE NELSON

[美] 玛吉·尼尔森 著　刘伟 译

北京联合出版公司

PATHEMATA, OR, THE STORY OF MY MOUTH

—✹—✹—✹—

我第一个起床,是为了独处,也因为我的下巴痛得让我无法躺在床上。

每天早上,我的嘴巴都像经历了一场战争——它抗议过,躲藏过,也忍受过。

它漂浮开来,微小的接触点撞击、抵抗,疼痛震荡着,然后淤积在关节周围。

我的上下牙齿找不到彼此,而是找到了脸颊,咀嚼着,留下两道山形隆起。

我把床单塞进嘴巴,好知道自己还在这

PATHEMATICS, OR, THE STORY OF MY MOUTH

里，还扎根在地壳上。

—✳—✳—✳—

H在家时——近来，约有一半的时间如此——我总会为被子边缘的白色污迹表示歉意。

他说没关系，只不过它们让他很难过。

我一边踮脚走向厨房，一边"咬牙检查"了一下，虽然我被指示不要这样做，但我还是做了，以确认我的上下牙齿还在同一张嘴里，就像同一颗星星失散的表亲。

PATHEMATA, OR, THE STORY OF MY MOUTH

—✳—✳—✳—

在乡间公路上,他停下车,好让一只乌龟穿过去。

我们正在一个有视觉盲区的斜坡上,所以他和乌龟都很有可能被迎面驶来的车撞到。

他对待乌龟温柔而急切,比对待我更温柔而急切。

我坐在副驾驶座上等待,看着柏油路面上蒸腾的热气。

我不在乎乌龟能否活下来,但我假装我在乎。

我正努力让他爱我。

PATHEMATA, OR, THE STORY OF MY MOUTH

—✳—✳—✳—

据说，人刚睡醒的时候，存在一个时间窗口，那时的大脑最清醒，最适合创作。

报纸上有篇文章称其为"早高峰"。

差不多两年来，我都通过阅读推特[1]新闻来打发这段时间，从而毁掉了这个窗口。

首先，我了解了前检察官们的性格、他们的爱犬，还有他们对编织的嗜好。

我惊叹于他们竟能如此轻松地使用道德语言，这可是在他们长年累月把人关进牢笼

---

[1] 推特（Twitter）：美国知名社交媒体平台，2023年更名为"X"，但"推特"这一称呼仍广泛使用。——本书脚注皆为译者注

PATHEMATA, OR, THE STORY OF MY MOUTH

之后。

然后,我把时间花在各种流行病学家身上,了解了他们的幽默感、强迫症("仅针对奥密克戎!")、标点符号使用风格,他们的"风险容忍度",以及对他人攻击的创伤性反应。

我尤其欣赏莫妮卡·甘地[1]逆境中的乐观主义,她那阴阳怪气的"谢谢",还有她对疫苗近乎肉欲的激赏。

---

[1] 莫妮卡·甘地(Monica Gandhi):加州大学旧金山分校医学教授。

PATHEMATA, OR, THE STORY OF MY MOUTH

—✴—✴—✴—

口颌面疼痛一号诊所无能为力。

口颌面疼痛二号诊所无能为力。

在踏足没有保险的荒原之前,我在电脑桌面上创建了一个文件夹,其中记录了疼痛发作的情况、我看过的医生、他们的影像检查结果、我尝试过的药物和物理疗法,以及似乎能使疼痛好转或恶化的各种活动,等等。

每次就诊时,我都会带上这份资料,希望它为我混乱的身体状况提供一个有用的总结,并证明我是一个有条理、渴望参与治疗的病人。

PATHEMATA, OR, THE STORY OF MY MOUTH

—✳—✳—✳—

我们开着一辆厢式车,在黑暗中沿着东福谷大道行驶,外公握着方向盘。

黑暗映衬着他的轮廓,我们知道自己有麻烦了。

我们正前往犯罪现场,不过是何种罪行呢?

—✳—✳—✳—

我们抵达后,发现那里就像《布雷迪一家》[1]中的女孩房间。

---

[1] 《布雷迪一家》(*The Brady Bunch*):又译《脱线家族》,美国情景喜剧片,1969 年到 1974 年间由美国广播公司播映,讲述了一个有六个子女的大家庭的故事。

PATHEMATA, OR, THE STORY OF MY MOUTH

我以前的一个学生正带着她那癌变的兔唇走来走去，谈论着自己的创伤，称其为"性交盛宴"（fuckfestivity）。

在那里，我们当中的那位母亲经历了一段迷幻时刻：她的头骨呈现出绚丽的光幻视[1]效果，长着可怕的深洞般的牙齿，这暗示着她的负疚感，因为她放任自己的丈夫，也就是我外祖父，折磨并杀死了他们的女儿，而她多年来一直保守着这个秘密。

---

[1] 光幻视（phosphene）：指视网膜在无光刺激的情况下，因机械刺激、电流刺激或化学反应引起的视觉感知，例如闭眼按压眼球时看到的光斑。

PATHEMATA, OR, THE STORY OF MY MOUTH

—※—※—※—

我很快意识到,没人愿意读这本《痛》[1]。

人们翻阅一通,然后将其塞到我的病历最后,好像其主旨不过是,我是一个需加管控的多语症患者。

—※—※—※—

我的病历始于我在外祖父葬礼上得的一场

---

[1] 本书英文原名全称为《PATHEMATA, or, The Story of My Mouth》。其中"pathemata"源自希腊语,意为"疼痛""痛苦"或"苦难",常出现于希腊谚语"pathemata mathemata",意为"在痛苦中学习"。为方便读者理解,中文书名译作《痛,或我嘴巴的故事》。

PATHEMATA, OR, THE STORY OF MY MOUTH

流感。那不是一场普通的流感,它带来了长达一个月的发热,并留下了一定程度的吞咽困难的后遗症。

从那时起,症状就真的开始"开枝散叶":电流穿透下牙龈,疼痛之蛇从下巴一直缠绕到眼睛,关节处持续着动能性疼痛,还有一种感觉反复出现,即在我睡着的时候,脸上挨了重重一拳。

为了不错过任何可能很关键的细节,我让这挂毯延展,编入我早年接受语言治疗的病史、与扁桃体炎的终身搏斗、青春期的正畸经历、历次钡餐[1]吞咽和颞下颌关节紊乱的发

---

[1] 钡餐(barium):硫酸钡悬浮液的简称,是进行 X 光检查时所使用的显影剂,检查之前由患者口服吞咽。

PATHEMATA, OR, THE STORY OF MY MOUTH

作,还有婴儿的断奶期、我的围绝经期、家庭中的应激源,以及嘴巴在一个作家的生活中所扮演的实际和象征性角色。

—— ✳ —— ✳ —— ✳ ——

他来找我时,已经不再是他,而是变成了一个维多利亚风格的丘比娃娃[1],盘着发髻,穿着一条芥末色的裙子。

透过裙子,娃娃的阴毛清晰可见,乱蓬

---

[1] 丘比娃娃(Kewpie doll):一种洋娃娃,由美国艺术家罗丝·欧尼尔于1909年推出,其早期形象体现为:圆圆的大眼睛,头上长着一绺卷发,背上有天使般的翅膀。丘比娃娃也可以用来指代类似脸形和打扮的小孩或妇女,如果用来描述妇女,有时带有侮辱意味。

PATHEMATA, OR, THE STORY OF MY MOUTH

蓬的一小团。

我拿起爸爸的银币宝箱,想砸向她,但当我伸出手时,只能摸到那团毛发。

—*—*—*—

我告诉 H 这个可怕的启示,即我外祖父是杀害自己女儿的凶手[1]。

他向我保证,噩梦只是精神上的残渣,没有任何暗示,把梦忘了,继续睡吧。

这种敷衍激怒了我,尽管我知道他是为

---

[1] 本书作者的姨妈简·米克瑟(Jane Mixer)于 1969 年在美国密歇根州遭谋杀,年仅 23 岁。作者曾于《红色部分》和《简:一场谋杀》两本书中对此进行了记述。

PATHEMATA, OR, THE STORY OF MY MOUTH

了安慰我。

我如此愤怒,以至于起身写下我的梦。

— ✳ — ✳ — ✳ —

小时候我话很多,语速特别快,为了让别人更好地理解我,我不得不接受语言治疗。

当然,我完全明白自己在说什么,我姐姐也能明白,所以我有点怀疑,他们想矫治的另有其他,对此,他们委婉地称之为"我的嘴巴"。

"她的嘴巴是带开关吗?"某次,一位家庭朋友在周末照顾我之后这样开玩笑地说道。这是成年人之间的无礼玩笑,却会跟着你一

PATHEMATA, OR, THE STORY OF MY MOUTH

辈子（迄今为止，我肯定也至少开过一次类似的玩笑，即便我不是有意的）。

—✹—✹—✹—

显然，我语速过快的问题因"吐舌癖"[1]而变得复杂起来，为了应对这种状况，一位留着红褐色胡须的牙齿矫正医生——现已去世——试图在我门牙后面粘一颗金属钉。

我推测，这么做是为了恐吓我的舌头，让它换一个地方来发出咝音（但去哪里

---

[1] 吐舌癖（tongue thrust）：又称"舌头外推"，指在吞咽、说话等状态下舌头无意识地越过门牙的行为。

PATHEMATA, OR, THE STORY OF MY MOUTH

呢？[1]）。

每次听大人们说"thrust"，我都觉得这个词听起来又肥硕、又淫秽，就像赫特人贾巴[2]一样。

— ✷ — ✷ — ✷ —

我要去看一个牙医，他们终于要修好我的嘴巴了。

出于好意，H 开车载我过去，但他没有查

---

[1] 原书表示引用或强调的斜体字在本书中使用楷体字表示，全大写字母用黑体字表示。

[2] 赫特人贾巴（Jabba the Hutt）：《星球大战》中的角色，笨重的橘黄色生物，没有腿，口鼻宽大，总是贪婪地注视着四周。

看路线。

穿过市区后,他开上了一条奇怪的山路,而不是继续沿着圣莫尼卡大道直行。

我很沮丧,下午四点的预约,现在已经四点二十,马上快到五点了,我们就要错过了。

我们把车停在一个火车站,宛如置身法国,那里有一家小礼品店,里面有许多花边桌垫和包在塑料收缩膜里的东西,还有布里欧修[1]。

我试着在机器上买票,但我的二十元美钞一直被拒收。

我现在很生气,试着下载一个App来联

---

[1] 布里欧修(brioche):法国传统面包,用鸡蛋和黄油制成,外皮金黄酥脆,内部柔软。

系诊所。

App 的名字叫"呼吸牙科",但我无法让它加载出来。

—✳—✳—✳—

金属钉传来消息——我的舌头错了,它的本能出了问题。

它的大小也不对。

我想象着把它削成更纤细、更优雅的样子,就像人们把木头削成手杖。

但舌头无法被削割。

舌头嗜血而强壮。

PATHEMATA, OR, THE STORY OF MY MOUTH

—✳—✳—✳—

我们在某种公共场合,也许是间教室,H说,我想好了,这个人真的很有意思,我再也不想克制自己了,我要去约会。

房间里有人说,你戒酒还不到 30 天呢,你不觉得应该再等等吗?

我说,戒酒?那你已经结婚了这个事实呢?

我看到那人给他发的一条消息,非常肉麻,废话连篇,我觉得这根本配不上 H。

但那跟我如此不同,我能看到其中的诱惑力。

H 说她擅长头脑风暴,我暗地里想,我永远不会"头脑风暴",我会把想法保留到最后

PATHEMATA, OR, THE STORY OF MY MOUTH

一刻,我永远不会成为你想要的样子。

—— ✳ —— ✳ —— ✳ ——

一些外地的音乐嘉宾正在我们中学的集会上表演。他们的音乐令我感动。

我如此感动,以至于灵光一闪:如果我站起身、跳起舞来,也许会引发一个类似《名扬四海》[1]中的时刻,比如全场一起唱《热午餐果酱》,或者更好的选择,《我歌颂电

---

[1] 《名扬四海》(*Fame*):艾伦·帕克执导的电影,1980年上映,讲述了来自不同阶层的青少年追逐梦想的故事,其中有大量精彩的歌舞片段。

光之躯》[1]。

于是我从体育馆的地板上站了起来,而其他人都盘腿坐着。

即便意识到我将独自起舞,我也没有放弃,努力装出很酷的样子。但大约过了五秒钟——数数吧,当着一整个初中的面独舞,这简直漫长得没有尽头——我又坐了回去。

那天晚些时候,我上八年级的姐姐告诉我,那是她一辈子最丢脸的时刻。

所有人都转过来问我"那不是你妹妹吗?",你觉得那是什么滋味?

从公交车站走回家时,她一直比我快一

---

[1] 《热午餐果酱》("Hot Lunch Jam")和《我歌颂电光之躯》("I Sing the Body Electric")都是《名扬四海》中的歌曲。

PATHEMATA, OR, THE STORY OF MY MOUTH

个街区,以示惩罚。

— ✳ — ✳ — ✳ —

在森林的房子里隔离。

孩子们跑来跑去,而成年人都在无精打采地抱怨自己的婚姻。

我穿着一件前襟无法合上的长袍。

有人一直在谈论声音向导[1]乐队,在这个梦里,那是一支全女子乐队。

我不明白他们在说谁。

有个孩子需要小睡。叫利亚姆还是什么的。

---

[1] 声音向导(Guided by Voices):美国独立摇滚乐队,于1983年在俄亥俄州成立,其成员全部为男性。

PATHEMATA, OR, THE STORY OF MY MOUTH

我想,真高兴要做那件事的人不是我,我不用把他哄上床。

—✳—✳—✳—

我在集会上跳舞那一年,我姐姐的一个朋友在戏剧教室用对口型的方式演唱了《宛如处女》[1]。

就跟麦当娜一样,她也穿着婚纱[2]。

我最喜欢的部分,是她开始在地板上做出胯部扭动的时候。

---

[1] 《宛如处女》("Like a Virgin"):美国著名歌手麦当娜演唱的歌曲。

[2] 在这首歌的MV中,麦当娜身穿婚纱。

PATHEMATA, OR, THE STORY OF MY MOUTH

她刚一开始,教室里的权威人士就叫停了整个表演。

多年后,我看到布兰妮·斯皮尔斯在一场颁奖典礼上演唱着《爱的初告白》[1],发现她也很有那种"扭动"的精神。

我喜欢这一点。

这首歌错乱、邋遢,像意式番茄酱盖子下面长出的霉菌。

我也为布兰妮担心,因为我知道那么大的能量是很难控制的。

我知道,因为我也感觉到了。

主要是在嘴巴里感觉到的。

---

[1] 《爱的初告白》("...Baby One More Time"):美国著名歌手布兰妮·斯皮尔斯演唱的歌曲。

PATHEMATA, OR, THE STORY OF MY MOUTH

—※—※—※—

在语言治疗中，我们玩过一种桌游，要想晋级，必须缓慢而清晰地说出一段绕口令。

由于必须放慢语速，再加上我的舌头每次碰到金属钉都会发出混乱的呜咽声，我产生了一种恐惧和幻想，即早晚有一天，我的舌头会直接摆脱它的臣属地位，就像被解开缰绳去吃海草的黑神驹[1]一样，和饱受创伤、满脸雀斑的艾里克一起在沙滩上奔跑。

---

[1] 电影《黑神驹》(*The Black Stallion*)中出现的马，该电影讲述了男孩艾里克与黑神驹一起漂流到荒岛的故事。人与马建立了非凡的感情，后来又一起重回人间社会。

PATHEMATA, OR, THE STORY OF MY MOUTH

一经解放,我的舌头就会创造出非凡的语言,众人能否听懂已经不重要了,我会凭声音找到方向,到时,一整群说着相似语言的人——扭动的人、吐舌癣患者——就会身着皮衣,越过山巅,来找我归队。

—✳—✳—✳—

后来,在桑拿室——那里也是博物馆的视听室,我仍穿着那件长袍。

一个人推开杉木门,开始评论角落里深色台子上那些毛绒动物摆得如何不对称。

我没理他。

然后我看过去,发现他一丝不挂,巨大

的阴茎紧紧贴着肚子。

我分不清自己是 50 岁,还是像感觉中那样,只有 16 岁。

我的脚趾从长袍边缘探出来,看上去很诡异。

—*—*—*—

我去见一位莱姆病[1]医生,是我在网上找到的,很有名。据说,他之前治疗过谭

---

[1] 莱姆病(Lyme disease):又称"疏螺旋体病",是由伯氏疏螺旋体引起的人兽共患的一种蜱传性自然疫源性传染病。主要引起发热、皮肤损伤、关节炎、脑炎和心肌炎。

PATHEMATA, OR, THE STORY OF MY MOUTH

恩美[1]。

他在旧金山,我坐飞机去见他。

这感觉很鲁莽,但疼痛坚持索要一个答案。

候诊室里坐满了青少年和老人,还有介于两者之间的所有人;气氛严肃而忧郁。

四周的墙上挂满了蜱虫的照片,还有关于莱姆病的新闻报道。

这让我想起萨拉托加矿泉城,我去过那里,以为是一个中产阶级的嬉皮风格水疗中心,配有香薰蜡烛和子宫般的治疗室,但结果它像一个精神病院,你会在那里接受电击

---

[1] 美籍华裔作家谭恩美曾于1999年罹患慢性莱姆病,疾病扩散到大脑,引起癫痫发作,并引发了幻觉。她曾在自传《往昔之始》中对此进行记述。

PATHEMATA, OR, THE STORY OF MY MOUTH

治疗——青白两色的煤渣砖墙、瓷釉浴缸、干练的雇员。

我丝毫不确定我的疼痛和蜱虫之间的关联性,但我的确在蜱虫之乡连续住过七个夏天,我在那里认识的人有一半都挂着拐杖或打着点滴,而且,每当我跟别人谈起我的疼痛时,他们都会不停问我有没有考虑过是莱姆病,所以我想我应该试试。

—❋—❋—❋—

在十几岁到二十岁出头那段时间,我毫无把手指探入身体的欲望,因为我知道那样会让我觉得有哪里不对劲。

PATHEMATA, OR, THE STORY OF MY MOUTH

后来很长时间,我不再有那种感觉。

现在我又有了。

几年前,我摸到那里有一些骨感的肌肉,仿佛一根树枝被撞得走了样,我吓坏了。

我一直忘不了哈莫尼·科林[1]某部电影中的一幕:两个青少年在亲热,男孩抚摸着女孩,然后问道,这个肿块是什么?

我觉得接下来的镜头甚至会直接切到她的葬礼。

这很奇怪,因为我不确定十几岁的女孩

---

[1] 哈莫尼·科林(Harmony Korine):美国导演、编剧、制片人,代表作有《驴孩朱利安》《半熟少年》等。文中所说的片段来自 1997 年的影片《奇异小子》(Gummo)。

会不会得乳腺癌。

—✳—✳—✳—

第一次就诊时,莱姆病医生做了大量血液检查。

第二次就诊时,正如我猜测的那样,他确信我得了莱姆病,尽管验血结果并不支持这个结论。

他说,验血结果显示,另一种蜱虫感染的结果呈阳性,虽然不是活动性感染,但十拿九稳,我肯定也得了莱姆病,而且这种病正在攻击我的面部和口腔神经。

我对在没有更明确诊断的情况下服用抗

PATHEMATA, OR, THE STORY OF MY MOUTH

生素或其他药物持保留态度,他恼怒地说,你想继续忍受痛苦吗,还是想好好治疗,让疼痛消失?

当他递给我多西环素的处方时,我正穿着白色的纸袍瑟瑟发抖。

—✷—✷—✷—

我和儿子厌倦了电视真人秀,并且亚历克斯·崔贝克[1]的接任者让我们心惊胆战,于是我们看起了《布雷迪一家》第一季。

---

[1] 亚历克斯·崔贝克(Alex Trebek):加拿大裔美国游戏节目主持人,因主持《危险边缘》而闻名。他于2020年罹患癌症去世后,制作人迈克·理查兹和电视明星马伊姆·拜力克接替主持《危险边缘》。

PATHEMATA, OR, THE STORY OF MY MOUTH

我发现这段经历有很多奇怪之处,其中之一是,以前我认同简[1],但现在我主要认同爱丽丝[2]。

我还发现,剧里的父母除了孩子之外,没有任何其他爱好,而且他们总是并肩作战,这一点引人注目。

他们"站在同一条战线上",他们的权威温和而绝对。

此外,为了让其成为一部喜剧,剧里没有一个人能清晰地沟通,这没有问题,甚至是必要的。

---

[1] 《布雷迪一家》中的角色,是家里的二女儿,经常表现出一些中间孩子特有的尴尬境地。
[2] 《布雷迪一家》中的角色,是家里的管家。

PATHEMATA, OR, THE STORY OF MY MOUTH

每集都依赖于一个秘密、一个谎言或一次疏忽,这样,到最后就会有所发现。

—✳—✳—✳—

多西环素弄脏了我的牙齿,但仅止于此,我的下巴还在疼。

当他建议换成思乐康[1]时,我知道我不会再来了。

最终,我为整场历险感到羞愧,但有一点的确让我很高兴,那就是,如果再有好心人说,容我问一句,你有没有考虑过是莱姆病?

---

[1] 思乐康(Seroquel):富马酸喹硫平的常见商品名,主要治疗精神分裂症、双相障碍及重性抑郁症。

PATHEMATA, OR, THE STORY OF MY MOUTH

我可以告诉他们,我按莱姆病治疗过,但疼痛并没有消失。

但是现在,我的门牙上布满了棕色条纹,我必须找人把它们磨掉。

—✳—✳—✳—

在昨天晚上那一集里,布雷迪家没有一个孩子告诉父母,那天早些时候他们打碎了一个花瓶,然后又把它粘了起来。所以吃晚饭的时候,孩子们紧张地看着花瓶,直到水开始从裂缝中冒出来——这便是张力、喜剧和揭示。

这很奇怪,因为昨天早些时候,我一直

PATHEMATA, OR, THE STORY OF MY MOUTH

在思考《金钵记》[1]——长久以来,我一直把这部小说看作一个寓言,隐喻了足够好的容器,比如足够好的母性、足够好的艺术作品,但在重新审视之后,我发现詹姆斯谈论的是婚姻。

有裂缝的婚姻。

—*—*—*—

一个脾气暴躁的少年被拖去参加家庭圣诞聚会;从斯巴鲁傲虎车里出来的那一刻起,他就一直盯着手机。

---

[1] 《金钵记》(*The Golden Bowl*):美国作家亨利·詹姆斯创作于 1904 年的小说。

PATHEMATA, OR, THE STORY OF MY MOUTH

每个人都央求他把手机放下,加入到家庭生活的仪式中来,祖父一度朝他脸上扔了一只袜子来搅乱他。

少年不肯服从,他无法移开视线,哪怕只是挂一件装饰品的时间。

在这则广告的末尾,他把家人召集到客厅,给他们放映了过去几天他秘密拍摄的影片。

影片中,亲戚们在互诉衷肠,孩子们在做雪天使游戏[1],还有袜子扔过来的反向镜头。

这让每个人都又哭又笑。

全家人拥抱少年,终于认识到他对大家庭不可或缺的贡献。

---

[1] 雪天使游戏(snow angel):指一个人仰面躺在雪地里,挥动手臂并摆动双腿,形成一个天使的轮廓。

PATHEMATA, OR, THE STORY OF MY MOUTH

我认识的几乎所有艺术家,尤其是那些拥有家庭的,都怀有类似的幻想。

—✴—✴—✴—

淋浴时,我用香皂搓洗乳房,并提醒自己,不必因为香皂让乳房变得光滑,就每天检查是不是有肿块。

我想,我多么感激乳房给予的一切——几乎随手可得的精微感知;被慷慨赠予又被粗暴榨取的乳汁;衣服下面特定的形状。

但随着越来越多的朋友无论是出于自愿还是为了活命而将乳房切除,我有时也会渴望加入她们的行列。

PATHEMATA, OR, THE STORY OF MY MOUTH

那些将其称为残害的人,似乎执著于某种停滞状态,并且害怕后悔,而我对此并不理解。

我最喜欢的一段采访:

最让你失望的是什么?

原谅我,我不觉得这是个有趣的问题。(约翰·凯奇)

—✶—✶—✶—

C 会上天堂——在 19 岁那年,当 C 还是我的女性主义理论老师时,我就产生了这样的念头。

这个想法很奇怪,因为我不信教,不相信有来世,对酷儿、女权主义者或马克思

PATHEMATA, OR, THE STORY OF MY MOUTH

主义学者（C兼具这几重身份）的灵魂会先验地受到威胁这种想法也从不买账，一丁点都不。

但C身上的某些特质——她本性的善良、如激光般凌厉的存在感、她直言不讳的正直（毫无疑问，这源于她作为一个再洗礼派[1]教徒的成长经历，当时我还不知道这一点）——与我们周围那些恐同分子的偏执形成了鲜明的对比。在她面前，"天堂"这个词在我脑中不断跳动，像一颗从别人游戏里滚落的弹珠。

---

[1] 再洗礼派（Anabaptist）：又称"重浸派""重洗派"，是欧洲宗教改革时期从宗教改革家慈运理所领导的运动中分离出来的教派。这个教派反对婴儿受洗，主张信徒成年后重新接受洗礼，故称"再洗礼派"。

PATHEMATA, OR, THE STORY OF MY MOUTH

为了庆祝我完成毕业论文——《对塞克斯顿[1]和普拉斯[2]之"坦白"[3]的福柯主义解析》——她带我去了河边一家极简风的餐厅，在那里，她提议我们为"严谨"干杯。

——✳—✳—✳——

在一个肮脏的游乐园里寻找一个不再回我短信的朋友。

---

[1] 安妮·塞克斯顿（Anne Sexton）：美国诗人，现代妇女解放运动的先驱之一，1967 年因《生或死》获得普利策诗歌奖。

[2] 西尔维娅·普拉斯（Sylvia Plath）：美国诗人、小说家。与安妮·塞克斯顿并称，被公认为自白派的重要推动者。

[3] 坦白（aveu）:法语，在福柯理论的语境中也被译为"供认"，指天主教和精神分析中的坦白实践，两者均鼓励个体全无保留地吐露心事。

PATHEMATA, OR, THE STORY OF MY MOUTH

终于找到了,她脸上长满痤疮,显然成了瘾君子。

我心想,这就是她不想跟我说话的原因。

她留着新浪潮式的短发,说,都没事了,她现在有了心理医生。

—✳—✳—✳—

一想到西尔维娅·普拉斯的儿子尼古拉斯·休斯的自杀,我就痛苦万分。

他死时47岁,是一位专攻鲑鱼生物学的专家,生活在阿拉斯加的费尔班克斯。

听到尼古拉斯的死讯时,我才意识到普拉斯的孩子们都还活着这件事对我来说有多

PATHEMATA, OR, THE STORY OF MY MOUTH

重要——他的去世让我深感悲痛。

尼古拉斯还是个婴儿时,普拉斯为他写道:"鲜血在你体内//纯然绽放,红宝石/你醒来面对的/痛苦与你无关。"[1]

普拉斯在人生至暗时刻写下的这些文字,我读了将近40年。

现在,对我而言,这些文字比任何时候都更有意义,也比任何时候都更伤人。

她的痛苦什么时候成了他的?

或者说,不把他的痛苦视为他自己的痛苦,这是不是不公平?

---

[1] 出自普拉斯诗作《尼克与烛台》(*Nick and the Candlestick*)。

PATHEMATA, OR, THE STORY OF MY MOUTH

—✳—✳—✳—

在好剧本中,我是个超人妈妈,在经历这段时间后,我要为他接种疫苗,好保护他,确保一切安全无虞。

在坏剧本中,儿童医院的门诊告诉我,他们今天已经关门了,但我可以明天早上再来,给他打第二针。

我在滚滚车流中驱车,花了一个多小时穿越城市来赴约,这个时间就写在确认邮件里,确定我们今天就要注射,所以我没有罢休,改成第二天早上再来,而是用手机查询了政府网站,那上面说,可以去格伦代尔的一家诊所。

PATHEMATA, OR, THE STORY OF MY MOUTH

结果发现,格伦代尔的诊所是个位于郊区的鬼地方——潮湿的地毯没有窗户鬼哭狼嚎的孩子貌似发着高烧的混蛋们口罩垂在下巴底下正在看手机[1]。

安坐在有机玻璃隔间中的女接待员不肯告诉我他们有没有儿童疫苗,只让我一直等。

我们等啊等。

我越来越恼火,满怀决心要给儿子这最后一层保护,同时又担心我的决定刚好成为他感染的原因。

一小时后,玻璃隔间里的女士承认,他们正等着看是否还有其他孩子来,如果有,他

---

[1] 原文如此,没有断句。

们就会解冻一些儿童疫苗。

我要回我的文件,气冲冲地离开了,下楼时用力按着电梯按钮。

—✹—✹—✹—

现在,政府网站又说去帕萨迪纳的一家旺斯(Vons)超市。

在帕萨迪纳的旺斯超市,他们又说去谢拉马德雷的旺斯超市试试看。

在谢拉马德雷的旺斯超市,他们说可以,但仅限周五。

PATHEMATA, OR, THE STORY OF MY MOUTH

最后一站我们去了家附近的 CVS[1],"就是看看",现在,我儿子已经在央求我停下来了。

算了吧,妈妈。

———✳︎—✳︎—✳︎———

我去圣费尔南多谷见一位牙医,我的针灸师和脊椎按摩师都向我推荐了他,她们是我尊敬的坚强女性,一个是韩国人,另一个是瑞士人,她们的办公室分处城市两端。

她们互不认识,却给了我同一个名字,这感觉像是个预兆。

---

[1] 美国连锁药妆店 Consumer Value Store 的首字母缩写。

PATHEMATA, OR, THE STORY OF MY MOUTH

牙医的候诊室华丽得令人难以置信,大屏幕上播放着据说被他治好下巴疼痛的病人的答谢视频。

视频中的人说出了我希望说出的一切:我几乎放弃了,但这场治疗简直是天赐之福,我找回了我的生活,我多年来第一次吃到了汉堡,我终于可以睡个好觉了。

我想,如果他治好了我的疼痛,我是否会同意拍摄类似的视频,就像我曾经允许纽约城市大学制作一张我的海报,来证明这家机构的卓越之处。

那张海报悬挂在第五大道365号大厅的某部电梯里——接下来的两年,我都躲着那部电梯,让人们先上,而我改去等另一部没有我照片的电梯,尽管我知道没有人会真正看海报,也没有人真正看我,即使看了,他们又有谁会在乎呢。

——✳——✳——✳——

我们没打第二针就回家了。为了赎罪,我允许儿子吃了一些我上课时剩下的甜甜圈。

他告诉我,我生气的样子有多可怕,我告诉他,他说得没错。

过去两年间,我从未感觉如此生气。

我告诉他,虽然我看起来一团糟,开着车满城跑,只为了乞讨一个辉瑞公司的橙盖小瓶,但实际上,我更像我们刚刚看过的动

PATHEMATA, OR, THE STORY OF MY MOUTH

画片里的妈妈,一边从脸上抹去机器人的血,一边说,我让那些金属家伙付出了代价。

他没有回应,因为他正忙着漫游海拉鲁,杀死波克布林,收集蛋白石。

还好,《塞尔达》里没有发生不好的事,他说。

但是你在《塞尔达》里死了一遍又一遍,我说。

—✳—✳—✳—

结果,圣费尔南多谷的那位牙医是个矮壮的意大利人,深棕色头发,30多岁。我立刻对他产生了怀疑。

PATHEMATA, OR, THE STORY OF MY MOUTH

他的女助手们给我戴上了面罩,又用红色激光在我下巴上照射了 15 分钟。然后他戏剧性地登场了,宣布说,今天我们不仅要告诉你为什么这么痛,还要展示给你看。

我们做了一堆影像检查,他开始指出一些问题,但他慌里慌张的,我看不出他到底看到了什么。

听起来,他好像正在发表一番重复过很多次的演讲,而我惊叹于自己的无能,无法辨析整件事是否是骗局,惊叹于我摆脱痛苦的愿望之强烈竟与我的智慧背道而驰,而当诸事顺遂的时候,我认为我的智慧是强大的。

最后他总结道,如果你预付 5000 美元,我们现在就可以给你的矫正器取模,这样你就能更快摆脱痛苦。

他说,矫正器从实验室出来需要六个星期,所以最好马上开始。

虽然此事已历经数年,但一听要再等六个星期,我的眼泪几乎要不由自主地流了下来,于是我说,好吧。

—✳—✳—✳—

我正在便利店仔细查看一包包 Certs 薄荷糖和一瓶瓶亚利桑那冰茶。

一个艺术家兼骗子走过来,猛地敞开夹克,露出绑在内衬口袋上的一支巨大的、原木般粗细的注射器。

他表现得好像那是什么了不起的人道主义馈赠,但我拒绝了,说我的研究还不到位。

—*—*—*—

事实证明,与圣费尔南多谷的牙医合作,是灾难性的。

我连续几个月去见他,佩戴他的矫正器。

他在我的上下牙之间放了一些小纸片,来追踪牙齿的接触情况,同时解释说,他不接受医药代理合同,因为他"才不想让超模给他口交",而且,如果他想赚外快,他会去与口腔相关的庭审案件中担任专家证人。

后来,我给他写了一封邮件,告诉他,关于口交的言论让我很不舒服。

他回信说他无地自容,说他不过是跟我在一起时"有点太自在了"。

他的邮件落款是"怀着爱与感激"。

我考虑再次给他写一封信,说他的落款也让我觉得不合适,但我累了。

和面对性别歧视者时经常会有的感觉一样,我本可以反击他们,但不知怎么的,我也会寻求某种和谐。

这样做也可能是迫不得已,因为我已经为他可能会提供也可能不会提供的疗效提前支付了费用。

PATHEMATA, OR, THE STORY OF MY MOUTH

—*—*—*—

我醒过来,写下了这样的句子:我梦见自己在一个粉红色墙壁的房间里,房间里有一张《恋马狂》[1]的海报。

这句话让我很兴奋——好像一只粗糙的爪子掠过我的大脑,然后带出来一小块胶状物质。

《恋马狂》是在我小时候上映的一部大片。

大人们不许我去看,但我知道里面有个裸体少年,他像俄狄浦斯一样在马厩里刺瞎了自己的眼睛。

---

[1] 《恋马狂》(*Equus*):西德尼·吕美特执导的电影,上映于1977年,讲述了一个有着恋马情结的马童的故事。

PATHEMATA, OR, THE STORY OF MY MOUTH

后来我才知道，少年刺瞎的是六匹马的眼睛，而不是他自己的，但为时已晚——现在，我有了两个令人匪夷所思的场景要思考。

这本书就在我父母放平装书的矮书架上，紧挨着《大白鲨》[1]和《盖普眼中的世界》[2]。

这个组合让我既兴奋又困惑，因为我知道它把一系列形象混合在了一起：一个女人在沙滩上彻夜寻欢，然后走向自己的肢解现场，双乳像两团球状的鱼饵一样闪闪发光；一整个部落的女人割下自己的舌头，目的是声援一个惨遭强暴然后又被强奸犯割下舌头的小女

---

[1]《大白鲨》(*Jaws*)：美国作家彼得·本奇利的作品。

[2]《盖普眼中的世界》(*The World according to Garp*)：美国作家约翰·欧文的作品。

孩；一个由裸体、冰镐、马和治疗组成的禁忌混合体。

—✳—✳—✳—

既然我已经把这些都写下来了，我梦见自己在一个粉红色墙壁的房间里，房间里有一张《恋马狂》的海报，这句话听起来便不再那么随意了。

这听起来像一种内陷[1]——一个容纳了累累伤痕的腔室。

---

[1] 内陷（invagination）：医学术语，指从表面至组织深层不断加深的凹陷。

PATHEMATA, OR, THE STORY OF MY MOUTH

—✳—✳—✳—

我的牙齿还在动。

终于，它们几乎失去了所有的接触，除了后面的两个小点。

山式站立[1]时，我不再能感觉到自己与母性的联系。

我试着检验能用牙齿夹住什么：铅笔足够大；但一粒正在溶化的止咳药片就不行了。

吃沙拉变成了一个笑话。

我能把肉嚼到边缘松软，但无法再将其继续分解。

---

[1] 瑜伽常见体式，指像山一样站立不动。

PATHEMATA, OR, THE STORY OF MY MOUTH

我想知道,不咀嚼除了会噎住之外,是否还对健康存在其他不良影响。

古德博迪先生[1]认为答案是肯定的。他是20世纪70年代电视剧里一个善良但令人不安的人物,长得很像理查德·西蒙斯[2]。(他就是理查德·西蒙斯本人吗?)

可怜的古德博迪先生,穿着连体服,上面画满人体器官,永远将自己的内脏展示在众人眼前。

---

[1] 古德博迪先生(Mr.Goodbody):意为好身体先生,又称 Slim Goodbody,是美国艺术家、作家约翰·伯斯汀于 1975 年创作的形象——身穿白色或红色的表演服,上面绘有各种人体组织和器官。

[2] 理查德·西蒙斯(Richard Simmons):美国健身专家,曾引领无数人走上瘦身的道路。

PATHEMATA, OR, THE STORY OF MY MOUTH

那为什么要可怜他?

古德博迪活泼开朗,是位学究式的人物。

如果有什么值得一提的,那就是他会羞辱别人,或者至少是警告他们——比如他会在肋骨下面开个口子,用铁丝捞出一块两英寸[1]长的没嚼碎的肉。

他把泡了水的灰色肉干展示给孩子们看时态度严厉,表明在他眼中,那是一种可憎的事物,是令人恐惧的存在。

我想起这种肉干,是因为一位朋友告诉我,她最近服用了一种药,意想不到的副作用几乎耗尽了胃酸。她知道有哪里不对劲,

---

[1] 1 英寸约等于 2.54 厘米。

因为她的排泄物看起来像完整的饭菜,每一块都能辨认出吃进去的是什么。

她说,看起来就像你可以把它们盛在盘子里端上桌一样。

——✳—✳—✳—

如果在早上五点之前醒来,我会把床单塞到牙齿之间,尝试着重新入睡,用我所有的咒语:想象你自己健康、快乐、自由。你在自己家里,你被爱着,你很安全。

有天早上,出现了一个小小的奇迹,我又成功地多睡了两个小时,中间我梦到自己写了一本书,封面上用粉彩的连体字母写着"沉思录"(*Pensées*)。

我醒来时很开心——我终于写出了一些有趣的东西。

—※—※—※—

圣费尔南多谷的牙医反复和我讨论为下巴注射肉毒杆菌的事宜。

我毫不妥协,意识到相比疼痛及其残酷,唯一更让我害怕的,是麻木和瘫痪。

PATHEMATA, OR, THE STORY OF MY MOUTH

—✳—✳—✳—

我去帕萨迪纳的一个家庭办公室找人看我的嘴巴,那是一个安静的住宅区,没有人行道,绿草如茵,看起来很富裕。

那位女士是个退休的肌筋膜治疗师,或者类似的职业,我已经不记得是谁推荐我去见她的了。

她是位娇小的白人女士,60多岁,灰色的短发,肌肉发达。

我们聊了一会儿,然后她告诉我,她之所以一直闲聊,是为了观察我的嘴巴。

她说,如果她走进一个派对,从房间另一头看到我,马上就会知道我有牙齿开稆[1]、吐舌癖、语言障碍的病史，而且很可能需要进行舌系带矫正术。

这让我感到不安，因为我经常在公共场合发言——有时是在巨型屏幕上，现在是在Zoom[2]上，后者所要求的面部暴露程度超出了任何人所能承担的限度，也许只有那些主动投身电影或电视工作的人才是例外。

---

[1] 牙齿开殆（open bite）：指在咬合状态下，上下颌牙齿存在垂直方向的间隙，无法正常接触。

[2] 一款在线视频会议软件，因疫情期间远程办公需求增加而广泛流行。

—✷—✷—✷—

我在某个地方做访问作家，另一位更受尊敬的访问作家带着花花公子的名声翩然前来，正试图为我腾出时间。

他患有一种嘴部疾病，一种发蓝、发臭的墨水不时灌溉着他的舌之花。

人们说，那是一种血液疾病。

我跪下来给他口交，但他并没有硬，裤子裆部只有灰色的、软绵绵的褶皱。

我没有放在心上，反而感到一种怜悯。

他拿着一根长长的海鸥羽毛，放在嘴巴前，以提示病痛何时来袭——当发臭的墨水出现时，羽翼就会变成橙色。

PATHEMATA, OR, THE STORY OF MY MOUTH

—✳—✳—✳—

帕萨迪纳的女士跟我谈起舌系带矫正术。

她说那将是一次巨大的解放,但术后我需要在别人的帮助下才能重新学会说话。

她说我需要暂停公共演讲,在此期间,她会训练我控制自己的舌头,因为手术后它会变得像无人操控的喷水管一样,而那正是我一直想象并害怕的事。

—✳—✳—✳—

我在聊天中遇到的第一个网络喷子。

她希望我不要说这么多,让其他小组成

PATHEMATA, OR, THE STORY OF MY MOUTH

员多说一点。

我试图继续成为焦点,但她越来越愤怒,开始使用全大写字母。

为什么没有人回应我???!!

主持人写道,我们肯定会回应你的,但我不是很明白这里出了什么问题。你能重新阐述一下吗?

主持人的礼貌令我震惊。

有旁人写道:她不是在提问,而是在发表评论。请回应。

主要事件旁边出现了一个影子事件,并威胁要抢走风头。

PATHEMATA, OR, THE STORY OF MY MOUTH

—✳—✳—✳—

我想知道,如果我对其他人的嘴巴进行同样的勘察,能发现什么。

我试了一下,立刻发现很多人都有一个跟我相反的问题——他们的牙齿似乎接触得太多了,比如上下牙之间会碰触或摩擦。

这似乎是一个潜在的更严重的问题,但我不确定这是否会让他们感觉疼痛。

我惊叹于如下事实:有些人的咬合明显比我的更糟糕,但他们没有疼痛感,就像两个人的背部核磁共振检查结果完全相同,但一个人下不了床,另一个人还能做混合健身训练。

PATHEMATA, OR, THE STORY OF MY MOUTH

我想起了 C 的嘴巴——她的嘴巴如何在事故中遭遇重创,她的下巴如何被重建,以及事故后我第一次见她时,她的上牙膛如何横着一根金属条,好把一切都固定在原位。

在那之后的 17 年里,我从未听她说过嘴巴痛,也许是因为她压根儿不痛,也许是因为她其他地方痛得更严重。

—✳—✳—✳—

回家后,我在油管(YouTube)上观看人们做完舌系带矫正术之后的视频。

一旦舌头被松开,他们就会感觉非常自

由，似乎精神都得到了升华。

数十年的颈部疼痛在一夜之间消散；获得解放的人们如释重负地哭泣。

视频中的许多医生都提醒观众，虽然这种手术看似小众，但在其他国家，婴儿一出生就会被剪断舌系带，好方便哺乳。

他们说，成年后再做这种手术，只是解放并纠正了一些早该被解放和纠正的东西。

—✳—✳—✳—

观察别人的嘴巴这项实验开始不久，我就放弃了。

如果我不希望别人看我的嘴巴，那观察别

PATHEMATA, OR, THE STORY OF MY MOUTH

人的嘴巴就会感觉卑鄙又刻薄，像一种恶业。

—✳—✳—✳—

帕萨迪纳的治疗师建议说，为了开启我的舌系带矫正术之路，我应该先去看一位与她合作的牙医。她把牙医的名字草草地写在自己名片的背面。

结果，那是个 70 多岁的奇怪男人，和太太一起工作，他们穿着配套的白大褂——他问诊、做检查，她则坐在电脑前的高脚凳上输入信息。

之所以说他奇怪，是因为他是那种穿乐福鞋／粉色皮肤／白发精心梳理的学院派人物,但他以布道般的热情宣扬舌系带矫正术的优点,让人感觉很不寻常,有种邪教的感觉。

在评估过我的嘴巴之后,他出乎意料地告诉我,他认为我不是特别适合接受手术。

他说我只是普通性的舌头不灵活,而且他不认为手术能减轻我的痛苦。

治疗师没有积极地推销自己贩卖的治疗方法,这让我感觉不习惯。

相反,他建议我睡觉时用胶带封住嘴巴。

他告诉我,他和妻子多年来一直用胶带封住嘴巴,这对他们睡眠和总体生活质量的提升,怎么强调都不为过。

她微笑着频频点头,表示同意,似乎这

种夜间胶带是他们婚姻成功的关键。

我想象着他们穿着白大褂接吻,嘴巴用胶带封住,就像马格里特[1]画中那对蒙脸恋人。

—*—*—*—

在我拜访帕萨迪纳的治疗师几个月后,我收到一位年轻女士的语音邮件,说她是治疗师的女儿,很抱歉耽误了,但她直到现在才能抽出时间给母亲通话记录中的每个人打电话。

---

[1] 勒内·马格里特(René Magritte):比利时超现实主义画家。这里提到的画作是马格里特的《恋人》。

PATHEMATA, OR, THE STORY OF MY MOUTH

她的语气表明,她母亲已经去世了,虽然她没有直接说出来。

—※—※—※—

H在家的时候,我听到他整晚都在房子里游荡。

每一点动静——爆米花爆开的声音、Netflix上暴力节目的喧嚷声、铝罐的咔嚓声——都飘进我的卧室——我们的卧室——像一次新的离弃。

随着疫情的持续,他睡得越来越晚,而我起得越来越早,直到我们逼近奇点。

黎明时分,我从院子里捡起烟蒂和捏扁

的易拉罐，擦掉台面上的比萨碎屑，就像在为一场没有邀请我参加的狂欢派对收拾残局。

—*—*—*—

胶带封嘴医生告诉我，不要认为，你的舌头对嘴巴来说太大了，而是，你的上颌对舌头来说太窄了。

我不确定这是否是为了让我好受一些，但有几天，我的确很享受接纳我的舌头的全新乐趣，并把责任转嫁给我的上颌。

（上颌到底是什么？）

这让我想起，当医生对我子宫里胎儿的大

PATHEMATA, OR, THE STORY OF MY MOUTH

小表示担心时,我们请来协助生产的女人说,别担心,女人不会怀上生不出来的孩子。

这让我感到安心,也帮我顺利度过了分娩期,生下结果证明的确很大的婴儿。

这说法可能也不准确——婴儿阻塞产道,把产道撕裂,这是常有的事。

—✳—✳—✳—

我和 H 正试图用黄油刀杀死对方。

我们躺在床上,光线中交织着黑色和金色。

问题是,我们当中是否真的有人试图用黄油刀刺穿对方的心脏?

我们的刀在他赤裸的胸膛上无力地对决。

PATHEMATA, OR, THE STORY OF MY MOUTH

—＊—＊—＊—

为了不让六个月的健身房会员费打水漂，我必须告诉店主，是哪种伤让我无法上课。

我跟她讲了一些，尽量表现得若无其事，而不是像一个在电脑桌面上保存了一万字疼痛记录的人。

她说她正好认识一个可以推荐给我的人，她车祸受伤后，这个人在她身上创造了奇迹。

她说她知道这听起来像异想天开，但真的，我应该相信她的话，这种人可以在别人都无法提供帮助的情况下提供帮助。

我去见了这位美体师，在她舒适的乳白色工作室里躺下，而她在我的下巴、脖子和

PATHEMATA, OR, THE STORY OF MY MOUTH

骨盆周围做了一些难以想象的细微触摸。

过程还算舒服,但什么也没改变。

去了大约六次后,她告诉我,如果没有效果,那继续收我的钱就是不道德的(一位生殖科的护士也跟我讲过同样的话)。

她说,到了这个阶段,她更倾向于给我拍一张宝丽来照片,寄给她在明尼阿波利斯的上师[1]。她证明说,上师有一种惊人的能力,只消看一眼照片,就能诊断出一个人的问题。

她说,最近有个女人还不知道自己出了问题,上师就看出她已经到了癌症晚期。

---

[1] 上师(guru):源自梵语,意为"驱散黑暗者",在印度文化中指精神导师,在西方语境中可指某方面的专家。

PATHEMATA, OR, THE STORY OF MY MOUTH

在我听来这简直太可怕了,与我一直寻求的治疗背道而驰。

但不知为何,我感觉我必须同意这个计划,才能离开她的工作室。

我为拍照摆好姿势,脸颊因怯弱而发烫。

他是个天才,你会看到的。她一边说,一边把我的肖像从那台古董相机中拉出来。只需要等上几周时间……

—✳—✳—✳—

有时我会想,如果这些年我没花那么多时间思考疼痛,那我会想些什么。

然后我想起,其实我也思考过很多别的

PATHEMATA, OR, THE STORY OF MY MOUTH

东西。

再说,我也不确定,思考尽可能多的事情,是不是就是人生的目标。

—✳—✳—✳—

我浑身沾满了泥巴,正放低身体进入一条淤积的浅河,试图把自己洗干净,这简直是痴人说梦。

H也在梦里,大概我正准备爬到他身上,这样我们就可以像短吻鳄用背上的"铆钉"驮着幼崽那样,一起逆流而上。

我们在树林深处。

PATHEMATA, OR, THE STORY OF MY MOUTH

—✳—✳—✳—

几个星期过去了,然后是几个月。

我向 H 坦白了事情的经过,告诉他我很害怕那位上师从我的宝丽来照片中窥测出一些可怕的东西,以致美体师甚至不敢联系我。

他很难相信我放任自己走上这条路,我也是。

整件事让我想起 90 年代中期我跟一个男人的恋情,分手时,他向我承认他一直在吸毒,并断断续续跟自己的室友上床,而后者是个应召女郎。

在随后的几周乃至几个月里,我一直在想:只有他知道他有没有把艾滋病毒传染给

PATHEMATA, OR, THE STORY OF MY MOUTH

我，只有他知道我需要的关于我健康的关键信息，但除非跟他再聊一次，否则我无法获取这一信息，而我知道跟他聊天是非常不明智的。

我还知道，即使他能提供信息，也不会使感染本身或感染的概率消失；问题仍然是属于我的。

—✳—✳—✳—

我排在队伍里，等待一位金发波波头的美容师给我的脸涂上釉料。

她的笔刷很粗，釉料是淡黄色的。

她的美丽和淡定与她从事的工作形成了

PATHEMATA, OR, THE STORY OF MY MOUTH

强烈的对比——涂釉料是为烧制我的脸做准备；下一站是窑炉。

轮到我的时候，我求她不要这样做——我不确定，如果我在这里死了，那我在别的地方是不是也死了。

但她是不可触及的，一个真正的玛格丽特[1]。

—*—*—*—

六个月后，埃塞克斯免费诊所的检测结果呈阴性，我这才觉得自己永远摆脱了他，

---

[1] 玛格丽特（Margarete）：德语人名玛格丽特，或指《浮士德》中的玛格丽特。

PATHEMATA, OR, THE STORY OF MY MOUTH

我又重新属于自己了,他没有给我带来任何影响。

—✶—✶—✶—

我再也没有收到那位美体师的消息,但大约一年后,我在豆芽(Sprouts)超市排队结账时,发现她站在我前面。

她扭扭捏捏地打了个招呼,好像很害羞,又好像没认出我。

有那么一瞬间,我想到——她就要告诉我了,就在这支结账的队伍里,告诉我她的上师看到了什么。

但随后我意识到,我最担心的事情——

PATHEMATA, OR, THE STORY OF MY MOUTH

她要告诉我我快死了——并没有发生。

我依然活着。

—✳—✳—✳—

一对伴侣正在举行誓言重温仪式[1]，在场的是所有曾经对他们产生过威胁的人；仪式用的椅子在破旧的锡皮屋顶下围成一个同心圆。

轮到我了，我被叫到最里层，好让大家都看看这个"通奸的女人"。

我穿着细肩带背心裙，没有戴口罩。

---

[1] 誓言重温仪式（vow renewal）：指已婚伴侣在结婚周年纪念日或特殊时刻重新宣誓爱情的仪式，常见于欧美文化。

PATHEMATA, OR, THE STORY OF MY MOUTH

妻子流着喜悦的泪水告诉大家:"现在我们一起回家,我终于感觉安全了。"

这对伴侣坐着劳斯莱斯离开,人们在他们身后抛撒玫瑰——这既像婚礼,又像葬礼,其刻薄程度令人震惊。

我在余兴派对上转来转去,振振有词地说,虽然今天的赢家看起来是这对伴侣,但我们的立场更具文学性。

—✸—✸—✸—

病毒来袭时,我没有全科医生;我的全科医生已于 2020 年 1 月退休(我忍不住想,这个时间真是无懈可击)。

PATHEMATA, OR, THE STORY OF MY MOUTH

考虑到现在没有全科医生并不是个好事情，我从我的大学关系网中挑了一位，并安排了一次线上"见面会"。

见面会尴尬而含混，其间全科医生告诉我，她公公曾在睡梦中心脏病发作，而她通过心肺复苏救了他的命；她讲这件事是为了回应我透露的事实，即我父亲是因为在睡梦中心脏病发作去世的。快结束时，她问我，如果我生病了，有没有什么话想对身后的人说，因为有时医生会把这些记录在案。

我愣住了——她是在问我的遗言吗？

不，不，她说，不是那样的，她就是想问问我，有没有什么东西想让她记录在案。

我告诉她我会想一想，然后挂断了，感

PATHEMATA, OR, THE STORY OF MY MOUTH

觉比拨通之前还要难受一百倍。

—✳—✳—✳—

有一天,《布雷迪一家》从葫芦网(Hulu)上消失得无影无踪。

这种事时有发生,H耸耸肩说。

我很沮丧,因为我和儿子看不到故事的结尾了,就好像真的存在结尾一样。

—✳—✳—✳—

我把见面会的情况告诉我的心理医生,并问她,我是不是应该给我儿子留几句话,以

PATHEMATA, OR, THE STORY OF MY MOUTH

防我突然死于"新冠"。

不,她说,我不认为这对你来说是个好主意。

她的坚定让我惊讶,但她的确会这样,当我转述其他持照健康专家所说的话时。

不过,她说,她一直在考虑让我做一个不一样的练习——我可以用我记忆中已故父亲的口吻给自己写一封信,看看会有什么感觉。

只是为了看看他现在可能会对我说些什么吗?

我没有根据治疗提示写东西的习惯,而且我很确定,模仿我父亲的声音,对我这个作家来说是一种羞辱。

但是,作为一个勤奋的学生,那天下午

PATHEMATA, OR, THE STORY OF MY MOUTH

晚些时候,我还是尝试了一下。

—✳—✳—✳—

我穿着黑色露脐装,正在户外的跳蚤市场仔细浏览商品,突然感到一只手绕过我赤裸的腰部,另一只手捂住了我的嘴巴。

我立刻意识到自己被绑架了。

与此同时,我与自己的身体分离了——我低头发现双脚正被人从一双别人的破旧切尔西靴里提出来。

我知道绑架者要带我去接受电击治疗,我还知道他们有块湿布,正准备塞到我嘴里。

我想,现在是 2022 年,他们怎么能在大

PATHEMATA, OR, THE STORY OF MY MOUTH

街上绑架我呢?怎么能让我受尽折磨,还把我儿子丢在人群中?

然后我又想,现在是2022年,这种事恰恰会发生。

—✳—✳—✳—

在接下来的几次治疗中,我都带着这封信——一张折起来的白纸,放在电脑旁边,但它从未被打开过,如同马拉美的理想之诗[1]。

---

[1] 理想之诗(ideal poem):此处暗合马拉美"纯诗"(la poésie pure)理念,其认为诗歌应通过"空白""沉默"等形式,在未被言说的状态中趋近形而上的审美"绝对",文中白纸未被打开的状态与此理念形成呼应。

不管出于何种原因,我们始终没再提起这件事。

我不知道这种不参与是否也是治疗的一部分,还是说她已经把这件事忘了。

最后,她也退休了,于是我把信收起来,接下来的两年里都没有再看过。

—*—*—*—

在某所大学的活动上,C 和我一起参加小组讨论。

活动开始前,我对着洗手间的镜子检查我的下巴,从剧烈程度判断,我觉得这次疼痛一定是可见的、坏死性的。

但事实并非如此。

在台上，C 从轮椅上靠过来，低声对我说，你痛吗？

我点点头。

然后她说，你害怕吗？

我又点点头，尽管我没想过要用那个词。

她点点头，从桌子底下握住我的手。礼堂里挤满了人，到处是交谈声，而我们维持着这个沉默的舞台造型。

—✻—✻—✻—

我试着向人们讲述普拉斯的故事，讲述

PATHEMATA, OR, THE STORY OF MY MOUTH

她多么痛恨电击[1]。

我尝试使用戏剧化的方式,利用一些我从她的最新传记中了解到的细节。

我觉得,如果听众能真正理解其中的严重性,普拉斯的命运就能得到改变。

我在 E 的生日晚宴上提起这件事,但没能成功吸引到他们的注意力,可能是因为餐厅太吵闹,也可能是波士顿阶级和性取向的那些破事儿在作祟,后面这个解释很合理,但也可能是我自己的臆想。

这让我很难过,好像辜负了某种比自己更重要的东西。

---

[1] 普拉斯生活在父权气氛浓厚的家庭中,20 岁时就因自杀失败而被家人送去精神病院接受电击治疗。

PATHEMATA, OR, THE STORY OF MY MOUTH

那天晚上，我梦见了普拉斯公寓里的婴儿车：白色的，竖立着，上面粘着字条[1]。

—✳—✳—✳—

我说 C 握住了我的手，但实际上，她的手因受伤而失去了抓握能力，所以更像是她用手摆了一个摇篮造型来盛放我的手——一个小型的圣母哀子像——这让我想起她青少年时期在濯足礼方面的学徒训练。

---

[1] 或指普拉斯自杀前留下的字条，只有四个单词："Please call Dr. Horder"（请给豪特尔医生打电话）。

PATHEMATA, OR, THE STORY OF MY MOUTH

—✳—✳—✳—

我在一个日渐衰微，并将在新冠疫情期间彻底消亡的僧人团体参加佛教讨论小组，一位男老师在讲授吸引力时，举的例子是街上走过的"辣妹"所激起的兴奋感。

那节课剩下的时间里，我都震惊得回不过神来。

作为一名大学教授，我永远不会说出这样的话。

但在这里，他是老师，我是学生。

我不想在下课后去找他，说那是一个很糟糕的例子，即便我认为它真的很糟糕。

那个例子还显得有些厚颜无耻，因为该

团体曾因性别歧视丑闻而遭受攻击,你会觉得那里的老师们一直在四处搜罗新材料。

话虽如此,但我敢肯定他确实认为她很性感,无论对他,还是对房间里的其他人来说,这可能都是一个处理日常吸引力的趁手例子。

此外,我也厌倦了人们说,只有"直男"才会带着肮脏的思想走来走去。

我很少在公共场合觉得别人性感,但我并不认为这是一种美德。

我认为更大的原因在于洛杉矶没有真正意义上的公共场合,没有那种能让你有时间对陌生人产生感情的地铁出行。

当然,现在也没有人到处跑了——我的新

PATHEMATA, OR, THE STORY OF MY MOUTH

讨论小组就是一个背景灯光昏暗的网格,探索者们待在格子里,倚着自己的床头板。

———✳︎—✳︎—✳︎———

几乎在一夜之间,病毒为我精心准备了新的任务:屈服于独自一人的疼痛修行。

这一变化并非完全不受欢迎——我经常想象,干脆放弃的话,会是什么感觉,尤其当我寻求解脱的努力已经开始变得像是一种消遣时——因为努力的实际回报少之又少。

然而,面对疼痛之谜缴械投降,并不像放弃其他某些事那样容易。

疼痛假装迫切,面对它的恳求,一个人

PATHEMATA, OR, THE STORY OF MY MOUTH

必须硬起心肠。

—— * — * — * ——

每天,在登录我儿子的Zoom学校之前——

我们不能再这样下去了。/这只是你自己的所思所想。

我在自言自语,一种分形[1]的内部性。

我试着对其他内部性产生兴趣,比如洗碗机的内部性。

我仔细观察被喷淋臂卡住的蛋壳,还有漂浮在机器中央的难以捉摸的银色圆盘。

---

[1] 分形(fractal):通常指局部和整体具有几何的或统计上的自相似性,且有无限嵌套精细结构的集合。

PATHEMATA, OR, THE STORY OF MY MOUTH

我想知道,我是否可以仅凭注意力,让洗碗机变得有趣起来。

也许我可以像蓬热[1]一样,为洗碗机写一首散文诗,或者一系列散文诗。

—※—※—※—

梭罗在1851年的日记中写道:"问题不在于看什么,而在于如何看,以及是否看到了。"

我相信这一点,但实际情况是,魔法似

---

[1] 弗朗斯西·蓬热(Francis Ponge):法国当代诗人、文学批评家,擅长描写生活中不起眼的事物,为其赋予形而上的意义。

乎正从我的生活中渗漏出来。

我寻找魔法，写下关于它的文章，阅读关于它的书，在公共场合（或 Zoom 所能提供的任何公共空间）谈论它。

但在内心深处，我感觉被魔法抛弃了，感觉自己被剥夺了。

我知道自己并不孤单：每天早上我都会读到一些文章，讲述疫情如何扼杀了偶然性、巧合、惊喜以及陌生化——简而言之，所有那些让魔法成为可能的条件。

然而，那种无法召唤魔法的挫败感，却是独属于我自己的。

我想起了特蕾莎修女，她数十年如一日地宣扬基督的神奇存在，但在内心深处，她

PATHEMATA, OR, THE STORY OF MY MOUTH

感觉失落,甚至失去了信仰。

她在给朋友的信中写道:"耶稣对你有一种特别的爱,(但)反观我自己,寂静和空虚如此巨大,以至于我看,却看不到。"

—✳—✳—✳—

通过视频窗口,我问另一位佛教老师——她在网上的照片有一种不苟言笑的气质,这让我选择了她——她对前一位老师的评论有何看法。

她说,针对男性僧侣,佛经里充斥着建议,比如如何通过冥想女人的尸体或者满身流脓的女人,来抑制自己的欲望。

PATHEMATA, OR, THE STORY OF MY MOUTH

她说这简直太恶心了,她的裁定让我很高兴。

—✳—✳—✳—

这个隐藏身份的侦探,这个总是忍不住偷看绷带下面的女孩,仍在幻想一种手术,通过这种手术,可以像切除空腔萨姆[1]的腐烂肢体一样,将那种感觉——如今其形状就像一枚令人讨厌的黑色发夹——拔除。

毕竟,十天前,一个团队从我的左卵巢

---

[1] 空腔萨姆(Cavity Sam):电子游戏《手术》(*Operation*)中的人物,身上有许多由塑胶制成的开口,其形象被印在手术台上。

PATHEMATA, OR, THE STORY OF MY MOUTH

中切除了一个囊肿——正如我们所希望的那样——里面只有毛发、牙齿和脂肪球,都是些换生灵[1]杂乱的组成部分。

要对负责咀嚼和说话的身体部位动手术则更加困难。

尤其是在扫描结果未显示有腐坏的情况下。

—※—※—※—

最终,H告诉我,每天晚上我和儿子一起

---

[1] 换生灵(changeling):欧洲民间传说中的生物,通常认为是妖精、巨怪等传说生物的后代,被秘密地调换后,以人类孩子的身份留在人类家庭中。

入睡后——自从儿子出生后,几乎每天晚上都是如此——他也跟我一样,会听到"离弃"那轻柔的发送音。

每天晚上,他都在想,也许今晚她会来找我;我猜她不会来了;我猜我只有独自一人。

他的深夜派对是一曲挽歌。

—※—※—※—

第一条短信说,C因久治不愈的尿路感染住院了。

乍一看并不令人惊慌,自从事故发生以

PATHEMATA, OR, THE STORY OF MY MOUTH

来，C 的耻骨上导管[1]就很容易引发感染。

我一直很害怕跟这根管子打交道，像我这样的惊弓之鸟，生怕把一丁点细菌带进她体内。

2004 年，事故发生几个月后，J 向我演示如何处理那根管子，告诉我戴上手套并正确消毒是多么重要。

我很慌张，发自内心地说，对不起，我觉得我不适合做这种事。

J 用我见过的最轻蔑的眼神看着我——也许还没到轻蔑的程度，但已决心如此了——

---

[1] 耻骨上导管（suprapubic tube）：一种橡胶或塑料制成的医疗导管。当病患无法自行排尿时，就通过腹部下方的一个小切口将导管引入膀胱，帮助排空尿液。

PATHEMATA, OR, THE STORY OF MY MOUTH

她说,你觉得我们当中有任何人"适合做这种事"吗?你只管做就是了。

我惭愧不已,只能照做,并且一直在做。

—*—*—*—

我从家里给 H 打电话,那时正有一群人在我家开泳池派对,而我已经厌倦了招待他们。

一个女孩接了他的电话,声音像欧洲人那般温柔低沉,说因为有演出,他现在不能接电话。

他在演出?我问,还是别人在演出?

对,对,她说,这会干扰演出。

听着,我说,我是他妻子,我需要立刻跟他说话。

哦,真巧,她说,演出结束了,他来了。

他柔声接了电话。

我说我受够了他不在家,我想他,这太荒唐了,他能不能回家。

好,好,他说,他会在 20 分钟后到家。

我这才意识到,他可能会把新冠病毒带回家,怎么可能不带回来呢?

我心想,我从来没有感觉好过,我从来没有好过。

我身上发生了一些系统性错误,也许我得了系统性疾病。

即便在睡梦中,我也告诉自己,那不是

PATHEMATA, OR, THE STORY OF MY MOUTH

真的,只是一种恐惧,是你的焦虑在说话,你有时确实感觉很好,也许甚至经常感觉很好。

我们家的狗过来安慰我,但它不再是一条九磅重的白色贵宾犬,而是变成了用粗糙的绿色布料做成的中型犬,一条仿生犬。

—*—*—*—

我看着服务员用钴蓝色的瓶子为我的气泡水续杯,感动得热泪盈眶——这看起来如此奢靡,如此亲切。

这是两年来我第一次独自离家外出,虽然我知道快乐会让我显得热情过度,但我现在感觉太好了，顾不上那么多，于是我打破了我的一个基本原则：将一个尚待实现的写作想法告诉了我的午餐搭子——一位迄今为止我只在 Zoom 上见过的聪明作家。

他笑了，所以你是说，你的下一本书要写你的洗碗机？

私下里，我觉得这个想法可能听上去很有趣；但在他口中，在这个充满欢声笑语的小食店里，它听起来像一个拿着海绵的妈妈的故事，一个吸走快乐的扫兴鬼。

我反复检视我的羞耻——它一如既往地彰显在我的脸上——这时我意识到，魔力不在于洗碗机，而在于如鲜血喷溅般的、令人羞耻的滔滔不绝。

PATHEMATA, OR, THE STORY OF MY MOUTH

这就像弗洛伊德的梦境理论：重要的不是梦，而是对于梦的讲述——你选择的词语，你外化自己思想时所冒的风险。

这就是弗洛伊德的"谈话疗法"——那位死于口腔癌的弗洛伊德，他为此接受了30多次口腔手术，导致身体虚弱不堪，面容全毁。

—✳—✳—✳—

在下一条短信里，境况一落千丈：扫描显示，C的胰腺和其他部位存在肿瘤。

每个人都明白这意味着什么。

J告诉我，C对医生说得很清楚：我不怕

死,但我不想再承受任何痛苦。

我被她的勇敢打动,又对促使她做出这一声明的一切感到悲伤。

17年的痛苦,多到忍无可忍,多到无以复加。再重复一遍:多到忍无可忍,多到无以复加。

我和J打电话时,她正在设想,或许还有时间让大家来道别。作为一个出色的策划者,她已经在计划如何在新冠疫情中、在康涅狄格州寒冷的冬天实现这一点。

疫苗还没问世,这个冬天笼罩在灰暗、恐惧和死亡之中。

她想象着让C坐在轮椅上出现在她们的后院里,哪怕外面天寒地冻——没问题的,她会租来取暖灯，然后接待泪流满面的访客。

J说话的时候，我明白这一切都不会发生。

我不知道自己之所以明白这一点，是因为真的明白，还是因为害怕；我已渐渐懂得，很多我以为我明白的事情，其实只是我害怕的事情。

但我也知道，无论我明白还是不明白，J都需要想象这个场景。

所以我说，听起来不错，我会帮忙安排，也会亲自到场。

—✻—✻—✻—

那天晚上，我几乎无法入睡——暴风雨

PATHEMATA, OR, THE STORY OF MY MOUTH

呼啸着,闪电不时划过灰橙色的天空——所以我立刻就听到了警笛声。

是街对面的西班牙式公寓发生了火灾,那里住着一对老夫妻和他们的女儿——一位50多岁的残障人士。

天亮之后,整个街区都被消防车和救护车封锁起来,雨中的清晨闪烁着红蓝相间的灯光。

我裹着毯子在门廊上观看,儿子还在睡觉。

当盖着黑色防水布的女儿被人用担架抬出来时,那对父母正站在前院,肩上披着雨衣。

我不想丢下儿子去安慰他们,我想他们也不希望我,一个陌生人,前来安慰。但看着他们独自站在雨中，消防员在烧焦的房子周围徘徊，女儿的尸体被抬上救护车，而他们的房子还在冒着热气，我感觉很糟糕。

也许是因为我曾目睹我父亲被抬离福谷大道的房子，身上盖着同样的防水布，所以这种感觉格外可怕，那一刻被我视为所有孤独的"肚脐"。

我凝视着这悲惨的一幕，直到儿子醒来。我努力让自己振作起来，把唱针放到我儿时那张温德汉姆·希尔唱片公司出品的原声吉他唱片上——那张密纹唱片已经成了我们居家学习的背景音乐——然后准备好当天的白板。

我用我当服务生时用过的美术小把戏来装饰他的日程表，那时我负责用粉笔列出晚餐的菜单。

这有点像我们之间的一项竞赛,看哪个女服务员能把白板画得最好看,以吸引顾客下单。

—*—*—*—

我去看一位牙医,她有一间漂亮的办公室——里面有盆栽植物、干净的座椅、最先进的设备。

她说,她不需要给我的嘴巴做 X 光扫描,因为她已经看出了问题所在。

她递给我一个用厚实的黑色橡胶制成的吹嘴,它像拳击手的护齿一样刚好套住我的门牙。

我把吹嘴戴上,就像戴了一个轮胎,上唇不自然地鼓着。虽然它很丑,但它很完美,所有疼痛立刻消失了。

我绕着室外跑道走了几圈,测试了一下,向她道谢后便离开了。

—*—*—*—

事实证明,C 在医生面前的片刻清醒转瞬即逝:她的血钠过高,血氨过低,正在失去神志,再加上止痛药的作用——她再也没有说过话。

她正处于最后的弥留状态,而她几天前

PATHEMATA, OR, THE STORY OF MY MOUTH

才刚刚入院,那时还没人知晓她得了癌症。

J告诉我,医生们说了这样一句话:癌症正在以小时为单位发展。

我甚至不知道还有这种情况。

我感觉被困住了:我想坐飞机去她身边,陪她度过这最后的时光,就像以前她出事后我立刻飞到她身边一样。

事实上,我感觉自己必须这样做:去为这份痛苦、这份友谊、这份爱画上句号,它们对我来说意味着一切,并且不知怎的已成为我的核心组成部分。

但我知道,即使我能赶到,他们也不会让我进医院——就连J也必须仰仗一份"特殊通融"——而且我既不能带着儿子,也不能

PATHEMATA, OR, THE STORY OF MY MOUTH

丢下他不管,所以我只能待在客厅里,看着不断发来的短信,报告着 C 那令人震惊的迅速衰退。

像往常一样,只有 J 在那里见证并承受这一切。

— ✳ — ✳ — ✳ —

我正在黎明前的黑暗中看手机,忽然听到外面有动静。

我朝车道望去,看到一个戴着兜帽的身影坐在我车子的驾驶座上。

有那么一瞬间,我以为那是 H,然后才意识到不是。

PATHEMATICS, OR, THE STORY OF MY MOUTH

车道紧贴着房子,所以他离我大约只有十英尺[1],正在摆弄那些线路。

我缩下身子,生怕他看见我。

我不想失去我的车,也害怕和儿子待在这个离陌生人只有咫尺之遥的地方,所以我报了警。

我又低头躲了一个小时。没有警察过来。

现在天亮了,那个人也走了。

车子被洗劫一空,但仍留在原地。这一天是新年第一天。

儿子从床上爬起来,看到他,我一如既往地感到快乐。

---

[1] 1英尺约等于30.48厘米。

PATHEMATA, OR, THE STORY OF MY MOUTH

—✴—✴—✴—

请把现在的情况拍照片发给我,我给 J 发消息说,然后 J 照做了。

在第一张照片中,C 侧躺着,灰白的头发异常稀疏,耳朵上戴着黑色玛瑙耳钉,好像她本来在歌剧院,不知怎么就来了这里,躺在病床上,枕着一个橙紫色的心形羊毛枕头,嘴巴下面垫着一块白色的毛巾。

—✴—✴—✴—

几小时后,两辆巡逻警车停下来,三个警察戏剧性地掏出枪来"保护财产安全"。

PATHEMATA, OR, THE STORY OF MY MOUTH

我说我可能没锁车时,他们冲我发出了一声冷笑。

整件事感觉就像一场闹剧;我讨厌他们,也讨厌打电话叫他们来的自己。

—✳—✳—✳—

我在谷歌上搜索,发现苏珊·奥尔森(《布雷迪一家》中的辛迪)已经变成彻底的MAGA[1]派。2016年,她被一档播客节目解雇,原因是她给一位男同性恋演员发短信说:"嘿,小娘炮,让我穿上大男孩的裤子狠狠收

---

[1] Make American Great Again(让美国再次伟大)的首字母缩写,是特朗普在2016年提出的竞选口号。

PATHEMATA, OR, THE STORY OF MY MOUTH

拾你！！！你真是个阴险的家伙，满嘴谎话的废物，你在现实生活里不敢冲着我来，就跑去脸书（Facebook）上跟我对着干。你是世界上最基的基佬、最娘的娘娘腔。我的鸡巴比你大，这都不算什么！你就是一坨屎！撒谎精基佬！祝你**慢慢地**、**痛苦地**遭受报应。"

我把这个新发现留在自己心里，它就像一小团裹着悲伤的雪花水晶球。

—✳—✳—✳—

第二天晚上，烧毁的房子被洗劫一空。

我猜有些人会在新闻推送中搜寻火灾的消息，好确保别人失去一切。

PATHEMATA, OR, THE STORY OF MY MOUTH

—✷—✷—✷—

J一早打来电话，说是时候说再见了。

她说会把电话放到 C 的耳边，让我来说一些必须要说的话。

我想说，我不适合做这种事，但类似的情况，我们以前经历过。

C 的呼吸粗重而吃力，她整个人的存在，都在那震颤声中了。

我记得前些天她还对医生说她不怕死，只是不想再承受任何痛苦，所以我告诉她，眼下就是最艰难的部分，她就要解脱了。

我想起出事那天，她从自行车上飞出去，在树林里飞过，我想起那天她是如何落地的，而这一次，她不会再着陆了。

这一次，她的毁灭将是最终的。

我非常爱你，你被爱环绕着，这是最艰难的部分，你就要自由地飞翔了。

我不停说着，却莫名感到不安，想着我是否应该说些不一样的东西，还是一直重复同样的话？J什么时候才会把电话拿开？C是否知道自己被深爱着还重要吗？太多的爱会不会成为阻碍她离开的羁绊？

我一边想着这些，一边不停说着，同时听着C呼吸的震颤声，然后J拿回电话，通话结束了。

她还有更多电话要打；我这一轮结束了。

PATHEMATA, OR, THE STORY OF MY MOUTH

—✦—✦—✦—

我一边给 J 发消息，一边和儿子坐在沙发上观看《顶尖陶艺大对决》[1]。

这一周的主题是乐烧[2]，我们喜欢乐烧。

我们喜欢首席评委被参赛者的陶艺成就感动到快要落泪的样子——每当他眼眶湿润，我们也跟着红了眼眶。

J 发来了一张照片，我能看出其中的变

---

[1] 《顶尖陶艺大对决》(*The Great Pottery Throw Down*)：英国电视竞赛节目，2015 年开播，每集节目中都有一群业余陶艺者完成两项陶艺挑战。

[2] 乐烧 (Raku)：源于日本桃山时代，是该时期最具代表性的茶碗工艺，为乐家初代名匠长次郎继承千利休所倡议的茶道理念而形成。20 世纪中期在美国广为流行。

PATHEMATA, OR, THE STORY OF MY MOUTH

化——C 的眼睛上覆满分泌物，皮肤变得蜡黄而发青，她要走了。

我感觉不舒服，感觉自己魂游天外，但我努力待在这具躯壳里，跟我儿子一起坐在沙发上，谈论着把马毛扔到灰坑里的花瓶上是何等的挑战[1]。

我按照所学的方式将各种感觉分门别类：他紧贴着我的柔软肌肤，他睡衣上甜美的棉质气息，长毛绒毯子的柔软细腻，还有我的脚在袜子内侧摩挲的感觉。

我担心，一旦为乐烧的美丽而哭泣，我将再也停不下来。

---

[1] 一种制陶工艺，将马毛放到烧制的陶器表面以产生纹理。

PATHEMATA, OR, THE STORY OF MY MOUTH

—✵—✵—✵—

接下来那一晚,半夜,另一张照片传来:她走了。

眼睛半睁着,眼神涣散而空洞,曾经的天蓝色变成了钴蓝色。

橙紫色的心形靠枕从她头边的床单里露出来,像一个卡通伴侣。

她走了。

—✵—✵—✵—

我用海绵擦拭白板,用一支粗大的葡萄味马克笔写下:

PATHEMATA, OR, THE STORY OF MY MOUTH

2021年1月6日！！

上午 8∶30−9∶00：早会！！

上午 9∶00−10∶00：朗诵！！

上午 10∶00−12∶00：家务管理！！

中午 12∶00− 下午 1∶00：午餐！！

下午 1∶00−2∶00：自由活动！！

下午 2∶00−2∶30：告别！！

—✺—✺—✺—

J 给我发来一张圣诞节那天拍摄的 C 的照片。照片中，C 正用那把人体工学勺子舀起一碗富有节日气息的甘薯汤。

这不过是 12 天前，J 写道，发生了什么？

PATHEMATA, OR, THE STORY OF MY MOUTH

是啊,发生了什么。

我把鲜花和藤蔓装饰在当天的白板四周,电视机全天开着,音量很低,遥控器就在手边,以防国会大厦的暴行开始直播。

—※—※—※—

C去世几天后,H回家探望我。

出于对彼此的"隔离舱"[1]的尊重,我们没有拥抱——我们坐在门廊的椅子上,隔着规定的距离,而我抽搐着哭泣。

---

[1] 原文为"pods",其全称为"quarantine pods",是新冠疫情期间美国公共卫生专家倡导人们采用的接触方式。pods是一个小型人际网络,一般不超过12个人,这些人只限于彼此进行无保护的社交互动,尽量不扩大这个范围。

我知道,他正从我的情绪波动影响中抽离开,好照顾别人,但今天,对他的体恤已经从我心中溜走——我把 C 的死怪罪于他,把我们之间的距离怪罪于他,把这无人拥抱的抽搐哭泣怪罪于他。

我不停地听到 C 的声音:"玛吉,我亲爱的玛吉。"

再也不会有人那样叫我的名字了——爱人不会,父母不会,丈夫不会,朋友也不会。

C 对我的了解随她一起逝去;从此以后,我将被爱得更少,被了解得更少。

PATHEMATA, OR, THE STORY OF MY MOUTH

—✳︎—✳︎—✳︎—

"远程教育"最好的部分,就是我们关掉它的那一刻。

有时,为了让儿子高兴,我会在课程结束前就把电脑关上,那时可能正有一位老师使用着柯基的滤镜,英勇地带领我们完成复杂的 Chrome 下载。

获得解放后,我们前往溪谷,堆积掉落的胡椒浆果,拍下动物粪便的照片,把"直升机种子"[1]抛过铁链栅栏,让它们落到下方涓

---

[1] "直升机种子"(helicopter seeds):又称"翅果",常见于枫树等树种,这些树会产生带翅膀的种子,种子掉落时会旋转,从而降低落到地面的速度,使种子有更多机会被风吹走。

涓流淌的洛杉矶河中去。

—✼—✼—✼—

E家在开一场派对,尽管那不是E真正的家,而是他们在韩国城租的地方,E的家永远在东三街。

派对上有很多我不认识的时髦人物,所以我感觉很害怕、很陌生,就像那时我对洛杉矶大多数事物的感觉一样。

从我度过整个成年生活的纽约搬到这里,真是太痛苦了,我无法理解这里的环境,不认识这剧中的人物。

人们会说,你想去看点艺术吗?

PATHEMATA, OR, THE STORY OF MY MOUTH

接下来,你会发现自己置身于一片玉米迷宫之中,那是由一个艺术家团体在地铁站和唐人街之间栽种的,离"家"有好几条高速公路的距离。

除了在精神上触及谷底之外,我还不得不戒酒,这样才能在不撞车的情况下找到回家的路。撞车不仅可怕,而且丢人,更别说它还会证明我是个酒鬼,而那是我一直担心自己变成的样子。

—✳—✳—✳—

我们不是一起去的派对,但我们打算一起离开。

PATHEMATA, OR, THE STORY OF MY MOUTH

我要跟在你那辆脏兮兮的淡蓝色梅赛德斯生物柴油车（后来报废于洛杉矶国际机场 C 区停车场）后面，去你蛰伏的地下室，也是塞拉斯叔叔[1]位于埃尔帕索[2]的房子的地下室。

你从房间另一头给我的翻盖手机发了一条短信，说你买了润滑剂——那时短信还是个崭新的事物，我们甚至不说短信，我们说"文字"，比如，"我给你发了一条文字消息"。

---

[1] 源于小说《塞拉斯叔叔》，爱尔兰作家谢里丹·勒·法努创作于 1864 年的哥特式小说，讲述了一位年轻女子在父亲去世后因为阴险的塞拉斯叔叔家的故事。后被拍成电影。

[2] 美国得克萨斯州城市，靠近新墨西哥州。

PATHEMATA, OR, THE STORY OF MY MOUTH

那时我就知道,你渴望我一如我渴望你,一种混乱而爆炸性的感觉,为世界的诞生注入了燃料。

—※—※—※—

我应该在纽约公共图书馆举办一场朗诵会——这是件大事,所有的最高法院大法官都会到场。

我很困惑,不知道我们该不该戴口罩。

系主任兴奋地——几乎是歇斯底里地——告诉我,年轻人一直请求我朗诵《简》[1]中的

---

[1] 全称为《简:一场谋杀》,由一系列诗歌、散文、对梦境的记述以及报刊资料等构成。参见本书第11页脚注。

PATHEMATA, OR, THE STORY OF MY MOUTH

诗,尤其是那首关于我如何试图用屠刀武装自己、对抗想象中的捕食者的诗。

我想,如果艾米·科尼·巴雷特[1]也来的话,我一定要读那首关于我们如何自我欺骗,如何把血液分成污染之血和救赎之血的诗。

我感到深深的愤怒——罗[2]那般的愤怒。

突然,我感觉嘴巴里有一阵奇怪而剧烈的爆裂声。

---

[1] 艾米·科尼·巴雷特(Amy Coney Barrett):美国律师、法学家。2020年由时任美国总统特朗普提名,出任美国最高法院大法官。作为一名反对同性恋婚姻、反对LGBTQ(性少数群体)权利、反对堕胎的保守派,2022年,她和其他几名大法官在推翻罗诉韦德案(Roe v. Wade)的裁决中投了支持票,使得美国女性的堕胎权不再受到宪法保护。

[2] 罗诉韦德案中原告的化名。

PATHEMATA, OR, THE STORY OF MY MOUTH

我走到洗手间查看，发现舌头中央鲜血淋漓，门牙也掉了一颗。

这令人不安，但至少解释了疼痛的来源。

然而，这并不能解释接下来发生的事：有颗一直有点突出的下门牙突然弹起，脱落下来——更多的血。

剩下的牙齿移动并填补了那个位置，所以看上去没那么奇怪。

但随后，这种情况又发生了一次，一次又一次。

我突然想到，我的下牙会这样掉光，它们正在一条通往毁灭的传送带上。

每颗牙齿离开时，都会留下尖尖的、纤维状的黑色毛发，如同兽毛。

PATHEMATA, OR, THE STORY OF MY MOUTH

—※—※—※—

然而,离开派对后,一开上奥林匹克大道,你就开始急速行驶,让我无法跟上,你闯黄灯,毫无预警地变换车道。

你为什么要甩掉我?换句话说,你为什么在努力找到我——也许是我一厢情愿!——的同时,又不在乎失去我?

那是你会反复追念的时刻,你会反复翻转它,如同摆弄阿肯宝钻[1],我的意思是——如果你知道我在奥林匹克大道上多么困惑、多

---

[1] 阿肯宝钻(Arkenstone):出现在《指环王》中的宝钻,又被称作"大山之心",在山下王国建立后不久就被挖掘出来,霍比特人倾尽全力将其铸造成一块闪亮的宝石,在随后的几百年间,阿肯宝钻成为都灵家族的传家宝。

么孤苦无援,也许我们就能避免让这样的时刻再次出现、再次堆叠。

或者,如果我能更多地了解你的想法就好了——你是为了给我留下深刻的印象吗?你是以为我认识路吗?还是说,原因仅仅在于,要做到事事用心实在是太难了?

如果我们能——如果我能——最终理解其中的深意,或许这种糟糕又无比熟悉的感觉就会最终消散:那个人说爱你,也的确看似渴望你,却始终在逃避。"这件事我必须得处理一下""我就是这样的人",要去帮助另一个生命,瞳孔凝滞,注意力涣散,又有了新的爱人,动脉硬化正分秒必争地恶化,直至越过地平线,消失不见。

PATHEMATA, OR, THE STORY OF MY MOUTH

—✳—✳—✳—

我检查那些毛发,发现下巴下面长了一个覆满毛发的肿块,正顶住我的牙齿,这才是真正的问题所在,如果我能活下来,就会被彻底毁容。

我想起了罗杰·伊伯特[1],想到他因在公众面前分享观点而成名,接着却又不得不经历失去下颌、下巴、喉咙和说话能力带来的挑战。

与此同时,我还得继续去朗诵会,但我

---

[1] 罗杰·伊伯特(Roger Ebert):美国电影评论家、记者、作家。2002年被诊断出甲状腺癌,后转移为唾液腺癌症,手术移除了一部分下颌,使其遭受了严重毁容。

PATHEMATA, OR, THE STORY OF MY MOUTH

还没吃饭。

我请人帮我点了一个汉堡,然后一边胡乱吃着,一边翻阅一沓又一沓旧诗。

我想找到一些能羞辱ACB[1]的东西,但我知道,即便找到了,也无法挽回已经发生的一切。

没有一首诗是完成的——它们只是做了标记的草稿,所有的修订都还没有输入。

—✹—✹—✹—

我害怕缔结良缘,却余生都独自入眠——

---

[1] 前述艾米·科尼·巴雷特(Amy Coney Barrett)的姓名缩写。

PATHEMATA, OR, THE STORY OF MY MOUTH

这是我从自己嘴巴里、从无底洞中挖出来的句子。

它的平庸一如它的深刻,令人震惊。

我想要的是你,一直以来都是你,请来找我,我们都不必如此孤单。

——✳—✳—✳—

和爱丽丝[1]一起开车旅行。

我们在南方,密苏里州,时间是下午,我们看到胖乎乎、毛茸茸的龙卷风正在旋转,在那附近,一场热气球活动正要开始。

---

[1] 前述《布雷迪一家》中的角色,是家里的管家。

PATHEMATA, OR, THE STORY OF MY MOUTH

热气球里的人正在和龙卷风搏斗，情况非常危急。

后来，我们听说有个女人因此丧生了。

我们躲进爱彼迎（Airbnb）一座深色的木头房子里，我住在阁楼上，就是格雷格[1]变时髦时搬进去的那种阁楼。

爱丽丝从楼下大喊，说她对我超级失望，说我让辛迪[2]对龙卷风产生了太多恐惧，远超必要的程度。

她只是个孩子，她说。

她开始喋喋不休地指责我，我觉得很恼

---

[1] 《布雷迪一家》中的角色，是家里的长子。
[2] 《布雷迪一家》中的角色，是家里最小的女儿。

火，因为爱丽丝并不是一个母亲，于是我说，听着，我不能让你再说了。

我知道你觉得我让辛迪不开心了，对此我很抱歉。

母亲们并不完美，她们既要顾及所有潜在的危险，又要避免吓坏自己或吓坏孩子，显然，我在你眼中是失败的。

我可能还会失败更多次，然后祈祷当他出发时，我已做得足够正确；上帝知道，我爱他超过爱任何人、任何事，在某些时候你必须相信，所有那些爱都会超越，或者至少平衡你所有的缺陷和错误，因为爱首先让我们安全，继而超越安全。

爱丽丝眼泪汪汪的，问我会不会把她从节

PATHEMATA, OR, THE STORY OF MY MOUTH

目中撤下来,这显然是我可以控制的。

我告诉她,我见过她对男性编导和经纪人强势而咄咄逼人的样子,她远远领先于自己的时代。

我告诉她,我只是一个玛莎[1](突然间,我就是玛莎了),身材纤细,金发碧眼,所有我能得到的角色,都配不上我。

说这些话的时候,我知道接下来会发生什么——甲喹酮[2]、以美色换毒品——不清楚爱丽丝是不是也知道。

---

[1] 《布雷迪一家》中的角色,是家里的长女,容貌姣好,广受欢迎。

[2] 甲喹酮(Quaaludes):又称"安眠酮"或"忽得",有助眠、镇静功效,是二十世纪八九十年代被广泛使用的精神药品。

PATHEMATA, OR, THE STORY OF MY MOUTH

—✷—✷—✷—

2020 年 4 月 13 日

亲爱的玛吉：

孩子，你好吗？我很想念你。时间过去了这么久，能跟你说说话真是太好了。我真为你感到骄傲。我希望能给你一个大大的拥抱。你真的变得"更有分量"了！

有几件事。第一，我从没想过要离开你和你姐姐。我不知道自己发生了什么，事情发生得很突然，然后我就走了。如果可以选择，在你们的有生之年，我会一直陪在你们身边。今天我就 76 岁了——我们本可以有更多时间。

PATHEMATA, OR, THE STORY OF MY MOUTH

真希望我们没有浪费那些时间。我并没有抛下你们——我如此爱你们这两个姑娘,如此热爱生活,我绝不会选择离开。这不是我能控制的。请永远不要忘记这一点。

第二,我一直与你们同在。在每一个重要的时刻和不那么重要的时刻,我都跟你们在一起。我为你们感到骄傲。我了解你的才华,更了解你的内心。还有你的幽默。你天性中的善良。我们是彼此的一部分,没有什么可以改变这一点。如果你曾经感到恐惧或孤独,或者每当你感到恐惧或孤独时,都请在那一刻记住,我没有离开你们,我与你们同在,是你们的一部分,记住我们爱彼此。

第三,死亡不是世界上最糟糕的事情,

它的确是轮回的一部分，也正因为如此，生命才显得珍贵。不要被横亘在我们所有人面前的东西吓到。我已经走过这个世界，还行。你不必害怕做同样的事。

第四，你会没事的。你一直都没事。你现在很好。我死的时候你们过得很艰难，之后也有过一些艰难的时刻。我知道，你现在就处在其中一个艰难时刻。你有足够的毅力，肯定能挺过去。有些毅力是独属于你自己的，有些则属于尼尔森家族，那是一种生活的乐趣（joie de vivre），再加上勤奋工作和激情活力。那就是我们常说的"力量"，而你拥有力量。请不要对世界失去信心，也不要对自己或任何人失去信心。生命美丽、痛苦而珍贵——我想念它，

PATHEMATA, OR, THE STORY OF MY MOUTH

也想念你。请享受生命的任何一种形式。

现在,我得走了,但请记住,我曾花了那么多时间笑——欢笑、微笑,跳舞和爱,弹吉他和唱歌,逗你、拥抱你。好好地爱你的儿子,不要太忧虑于掌控命运。你不必总是那么努力。你已经尽了最大的努力,我看到了,并且很敬佩。记住我们经常唱的那首歌,"尽量不要太过努力,这只是一段美好的旅程"[1]。这绝对是真的。

永远爱你

你的爸爸

---

[1] 原文"try not to try too hard, it's just a lovely ride",出自歌曲"Secret o' Life"。

PATHEMATA, OR, THE STORY OF MY MOUTH

—*—*—*—

我又回到了新冠疫情暴发之前看的最后一位牙医那里。

我之所以回去,是因为我记得我很喜欢他,而且他那朴实无华的萘普生[1]、按压、拉伸以及食用软食等疗法竟然如此有效,给我留下了深刻的印象。

此外,他并没有因为我的各种冒险而羞辱我,他甚至告诉我,他花了将近十年的时间,试图说服委员会对圣费尔南多谷牙医的那些

---

[1] 萘普生(naproxen):非甾体抗炎药,具有抗炎、解热、镇痛的作用,在治疗风湿性关节炎和骨关节炎方面的功效与阿司匹林类似。

PATHEMATA, OR, THE STORY OF MY MOUTH

做法予以禁止。

—*—*—*—

他重新检查了我的嘴巴,说各项数值跟三年前相比没有变化。

我感觉我的嘴巴每天都在灾难性地进行重组,所以很难将这种结果与我的感觉统一起来。

他说,我有超强的咬合力,对我这种牙齿排列方式的人来说,下巴疼痛并不罕见。

PATHEMATA, OR, THE STORY OF MY MOUTH

—✳—✳—✳—

　离开他的办公室时,我感觉很振奋,但并不急于重启他的治疗方案。

　我仍然感觉疼痛,但我想暂停一下,因为内心体验和身体外在表现之间的差异非但没有让我气馁,反而让我感到暂时的平静。

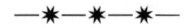

—✳—✳—✳—

　我分娩的时候,助产师一直鼓励我注意宫缩之间的间隙——她说我需要注意这个间隙,这样我就能利用它作为一次缓冲,好为下一次宫缩做好准备,保存力量。

PATHEMATA, OR, THE STORY OF MY MOUTH

我记得,当时我就想,这里蕴含着某种人生的哲理,但现在不是想这些的时候。

—✹—✹—✹—

C 去世两周年的时候,J 告诉我,她注意到自己的哀恸发生了变化,从为失去的一切感到难以估量的悲伤,转变为认识到自己有能力为这个世界提供至少一部分 C 曾经带给我们的东西——存在、严谨、坚持。

当 J 说这些的时候,我意识到,类似的感觉也正在我心里生长,没有言语,只是一小束微微涌动的光。

在 20 多年的教师生涯中,这是我第一次

PATHEMATA, OR, THE STORY OF MY MOUTH

真正意识到自己是一名教师。

—✳—✳—✳—

我真的尽力了,但事实是,我感觉不到宫缩之间的间歇——也许原因在于,它留下的疼痛让我晕头转向,而它的即将到来则让我胆战心惊。

现在就是领悟那个哲理的时刻。

致 谢

再三感谢约书亚·贝克曼和浪潮图书公司。

感谢布莱恩·布兰奇菲尔德、米兰达·朱莱、本·勒纳、PJ马克、安东尼·麦肯：那些有着类似口腔症状的群体，以及在此期间与我分享心灵和家园的神奇生灵。

声 明

本作品结合了梦境与现实,所有关于人物、地点和事件的表述均应本着这一原则来理解。

明室
Lucida

照亮阅读的人

主　　编	陈希颖
副 主 编	赵　磊
策划编辑	赵　磊　陈希颖
特约编辑	孙皖豫
营销编辑	崔晓敏　张晓恒　刘鼎钰
设计总监	山　川
装帧设计	山川制本 workshop
责任印制	耿云龙
内文制作	丝　工

版权咨询、商务合作：contact@lucidabooks.com

上海光之室文化传播有限公司　　Shanghai Lucidabooks Co., Ltd.

图书在版编目（CIP）数据

痛，或我嘴巴的故事 /（美）玛吉·尼尔森著；刘伟译 . -- 北京：北京联合出版公司，2025.8. -- ISBN 978-7-5596-8417-2

Ⅰ . I712.65

中国国家版本馆 CIP 数据核字第 2025RP3555 号

北京市版权局著作权合同登记号 图字：01-2025-2327 号

痛，或我嘴巴的故事

作　者：	[美] 玛吉·尼尔森
译　者：	刘　伟
出品人：	赵红仕
策划机构：	明　室
策划编辑：	赵　磊　陈希颖
责任编辑：	李艳芬
特约编辑：	孙皖豫
装帧设计：	山川制本 workshop

北京联合出版公司出版
(北京市西城区德外大街 83 号楼 9 层　100088)
北京联合天畅文化传播公司发行
北京市十月印刷有限公司印刷　新华书店经销
字数 38 千字　787 毫米 ×1092 毫米　1/32　5.25 印张
2025 年 8 月第 1 版　2025 年 8 月第 1 次印刷
ISBN 978-7-5596-8417-2
定价：52.00 元

版权所有，侵权必究
未经书面许可，不得以任何方式转载、复制、翻印本书部分或全部内容。
本书若有质量问题，请与本公司图书销售中心联系调换。
电话：(010) 64258472-800

PATHEMATA,

OR, THE STORY OF MY MOUTH

by Maggie Nelson

Copyright © 2025 by Maggie Nelson

Arranged with Bardon-Chinese Media Agency.

Simplified Chinese edition copyright

© 2025 by Shanghai Lucidabooks Co., Ltd.

All rights reserved including the rights of reproduction

in whole or in part in any form.

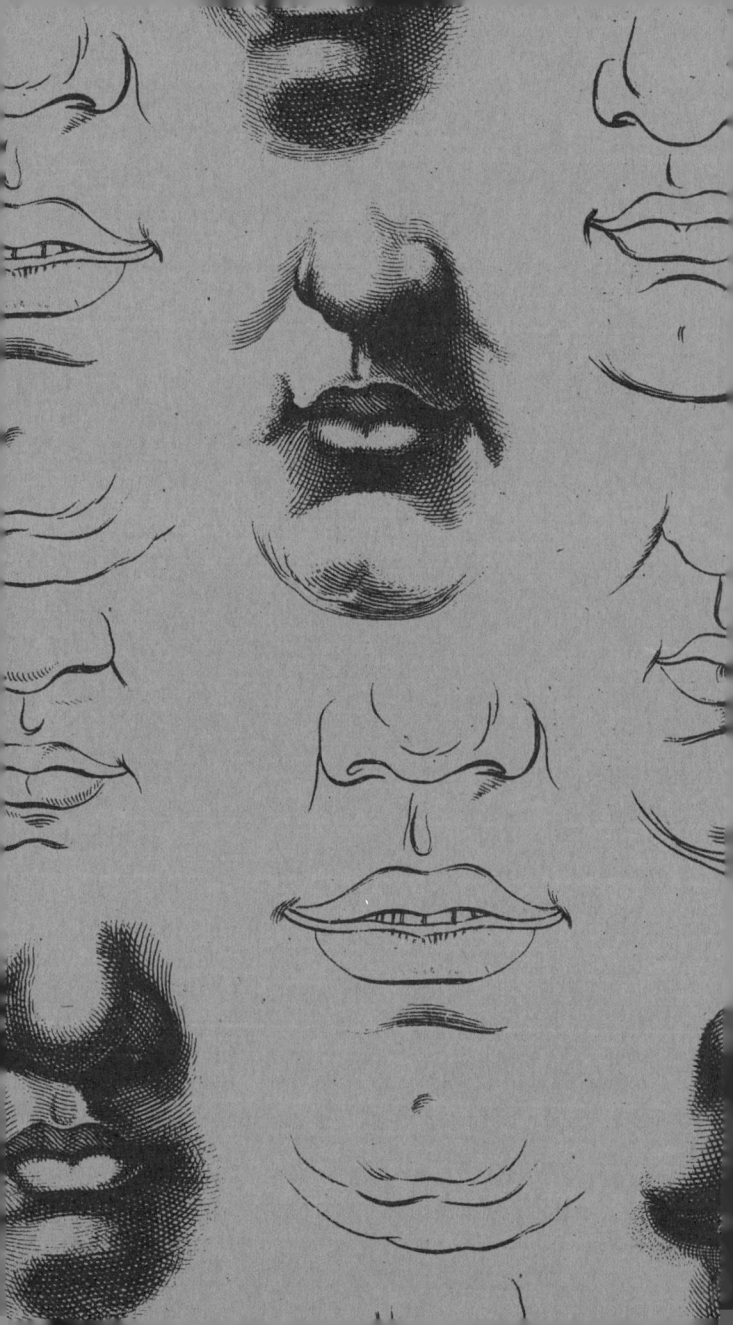